햇간장 달이는 시간

실천문학시인선 047
햇간장 달이는 시간

2021년 8월 15일 1판 1쇄 인쇄
2021년 8월 15일 1판 1쇄 펴냄

지은이 김인옥
펴낸이 윤한룡
편집 신한선
디자인 윤려하
관리·영업 이소연

펴낸곳 (주)실천문학
등록 10-1221호(1995.10.26)
주소 남양주시 퇴계원읍 퇴계원로 52 405호
전화 02-322-2161~3
팩스 02-322-2166
홈페이지 www.silcheon.com

ISBN 978-89-392-3073-6 03810

실천문학 시인선 047

햇간장 달이는 시간

김인옥 시집

실천문학사

제1부

제2부

제3부

제4부

제1부

어떤 이유가 있어

쿠카부라가 질러 댄다 쿠카카카카카 웃고 있다 입으로 따발총을 쏜다
콩글리시 혀 짧은 모습으로 사는 동안 하루에도 몇 번씩 깔깔거려서 수습할 길이 없다

벙어리처럼 살고 있다 중증 환자는 아니지만 직장에서 또 직장에서 속을 긁어대 귀마개를 하고 다니지만 귀머거리로 버티는 일이 쉽지 않다

소리가 터지기까지 새의 머리로는 웃을 수밖에 없다

아직 끝나지 않은

코알라 캥거루 떼죽음
흔적 떠밀 듯 바람 질은 숲 저절로 탔는지
까마귀 얼씬 않는

화단에 물 주면 벌금 250불
기운 어깨 반쯤 젖으면
푸른 노여움의 싹으로 살아가야 하나

기관지 검사를 기다리는 동안
병원 벽에 매달린 TV를 쳐다보는 동안
크리켓으로 근심 걱정 날리라는 호주 총리가
프라이팬 같다는 생각이 드는 동안
스콧 모리슨은 휴가 중이다

입양을 해도 야생 동물 엄마는 될 수 없다
아이는 이별법에 대해 배운다

미국의 결정에 이라크가 불타오르는 동안
이란 국민들 분노와 갈등의 화염을 보는 동안
새파란 조카의 파병을 우려한다

눈이 가는 숨 달린 모든 것들이 죽음을 지르는 재앙의 나날
태양도 화가나 세상을 온통 시뻘겋게 만들었다
한 숲에서 나무를 태워
다른 숲으로 불길이 치솟았다

지난해 9월부터

잎 관

—마운틴 윌슨에서

늦은 여름 장례식장
태양이 아직 머리를 드러내지 않았을 때
죽은 줄 알았던 유칼립투스 나무들이
죽을힘을 다하여 끌어올리는 것

살아 돌아온 전사처럼
숯덩이 자신들만의 비법으로
불면을 태우고
심장을 열어젖히고
겹겹의 옷자락에 얹혀진 혈관
터진 사이사이로 호흡이 낭자하다

불 꺼진 방에서 싹을 잉태하는
불씨들

핏빛 구름이 통째로 흩어져
까맣게 우거지는 눈부신 시위

산을 떠난 적 없는
어떤 목숨을 본다

당신 가슴에서 아픔이 배어 나오는
초록은 죽음의 절창이었다

코로나19의 현상학

버스 안에서 재채기를 한다 아주 잠깐 방향을 따라간다 옆자리 건너 건너에서 보이지 않는 무언가 움직이고 있다 무한정 배양되고 있는 시공간
구멍이 뚫렸다

오픈 시간에 맞춰 수천의 바이러스가 쏟아져 들어간다 미처 낚아채지 못한 여자가 트롤리로 밀어붙인다 비명을 지른다 막무가내 한방 날린다 직격탄이다 오늘 타겟은 화장지 마스크 쌀, 빼앗길 수 없다 평생 만난 적 없는 당신과 몸싸움을 할 것인가

일인당 화장지 한 팩 쌀 두 봉지 이럴 수밖에 없다면 이럴 수밖에 없기 때문에 배급 받는다

눈앞 발등 손가락이
산불에 이어 연대기 기록적 시점 블로그에서 당장 내려
간질간질 목구멍은 다시 발작

그걸 또 눈치채야 한다

위풍당당 침방울
버스가 멀어진다 동시에 의심되는 당신은
지구 안이다

오늘

또 한 명 사망자가 늘었다

시드니 날씨는 비가 오고 방금 어깨를 적신 뉴스
죽음이 따라붙을까 실업이 옮겨 붙을까
뒷걸음치는 이역만리

하릴없이 묶여 있는 식당 문
초만원 한글 메뉴에 얹힌 영어 발음과 살아온 땀
세어 보는 밥알 수가 그토록 일품이었다니
시드니 날씨는 어제도 비 이럴 때 이 많은 하강이라니

출근길 찾아 나선 센터링크*
키가 한 뼘 줄어든 청년 등이 한 줌 굽은 중년
사이에 생략된 모닝커피
줄 밖에 서 있는데 어느새 거기도 줄이 되어버린
줄 앞에 새우잠 쪼그리고 앉은 네가 있고

---

* 사회복지지원센터.

줄 뒤에 내가 서 있다
빤한 새벽
센트럴 역 한복판에서 바삐 내리고 타던 사람들
여기 서 있다

센터링크는 아직 열릴 시간 아니고
아리랑 아리랑 아라리요 아리랑 지구 언저리
햇살 한 자락 추임새로 넣어보지만
고국과 이국이 다시 그 안과 밖에서 어느 곳이나
들리는 건 침방울
오전 중으로 접수창구에 다다를 수 있을지
시비를 걸어보고 싶은

폭우가 잠시 끊어졌다
비의 뿌리에 섞여 무지갯빛 차례가 왔다면
함께 살아갈 익명의 날들을 위해선 그 사이에

오늘, 우리 앞에 놓인 2미터 거리가 있다는 것을

팜 비치, 팜 비치*

—호주 NSW주 록다운 해제 이후

내 이름은
네 이름의 반경

뭐냐고 묻는다면
가까운 관계로는 너 밖에 없다고
파도쳤으나 한쪽에선 소리조차 삼키는
날마다 뒤척이는

등 붙이고 기다랗게 누운 채
어디에도 닿지 못해
목마름이 되는

살아 있는 시간은 따로 있어
파도에 밀려온 해초들 위로 넘쳐 나는 발자국
모래 속으로 주름들이 꽉 들어차는

---

* 시드니에서 가장 북쪽에 위치한 해변으로 마주 보고 있는 두 바다 이름이 각각 팜 비치.

겨울에서 봄으로 가는 사이

하늘에서는 드론
지상에서는 삼성 애플 캐논을 메고
셔터 속도 즐기는 이들이 넘볼 수 없는 경계까지
이제 이 세상과는 안부조차 헷갈려
어깨 부딪치는 신종 바이러스
2020년과 2021년 사이

정직하게
네가 아니면 나도 아닌 것처럼
팜비치에서 우리, 시드니와 멜버른에서 우리, 호주와 한국에서 우리
어떤 질병에도 흔들리지 않아

수천 년을 우리는
한 이름으로 마주한 공생의 바닷가

그 말만 아니어도 외롭지 않을

이 사회적 거리

어깨 닿자마자

WWW닷컴

지금 세상에 무슨 일이 일어나고 있는지 검색해 볼까요

1

허공에 앉아있다 방향은 여러 갈래
떨어질 일은 없다
가상 공간을 옮겨 다닐 때마다
출생 신고를 한다 이름 생년월일
비밀번호는 ●●●●

생을 향한 다운로드
숨겨진 암호를 기억해 내야겠지만
좌 우 뇌
어쩌면 처음은 없어
알 듯 모를 듯 글로벌 인생

2

아이디를 갱신한다
사용자는 트루먼 시작은
굿모닝 굿애프터눈 굿나잇

어느 시인의 불면이 세속과 초월 사이라면
안성에는 수졸재 진국은 인스턴트
좋아요 좋아
허기 먼저 채우고
꾸욱 꾹 친구 요청
도스트예프스키 수락
투르게네프 대기

3

실재 공간처럼 여기저기 찾아다니는 동안

실존적 인문학을 건드려 본다
21세기 탄생의 비밀
언제 훅 갈지
바로 내릴까
중지를 따라다니다 빠져든 일상
허공을 내려온다는 것 세상과 멀어지겠다는 것인지
난처한 공간

주춤하는 사이 페북이 물었다
뭘 생각하시나요?

4

감시당하는 줄 알면서
공중 분양 중이다

관계자 외 출입금지

이곳은 개를 위한 공원입니다

가입절차: 회원제

사용일: 예약 필수

자격: 개

규칙: 짖지 말기

보호자: 개주인

웹사이트: WWW.Top10dog.com.au

아난데일* 개 공원으로 금빛 햇살을 문 똥개가 뛰어들었다

혓바닥 질질 천방지축 꼬리

울타리 밖에서 던진 뼈를 덥석 문다

잠깐 동안의 일이었다

모두

---

* Annandale: 시드니 시내에 위치한 지명.

한낮의 산책을 멈춘다
관계에 대해 생각한다

누군가 짖었다
끌어내
햇살은 끌려 나가고

주인 없는 개는 없었다

고양이 똥

하, 요놈들
생긴 거 좀 보소
아비 닮은 새끼 자라다 말고
지 아비 닮은 새끼 달아 놓고
손주 새끼 자라다 말고
할배 닮은 새끼 달아 놓은 거 좀 보소

싼다 싼다
할배가 싸자 아비도 싸고
아들 딸 손주 며느리 할 거 없이 몽땅 싼다

하, 요놈들
거동 좀 보소
냄새 풍기다 말고 파묻는 거 좀 보소
아닌 척 모른 척 휠체어에 앉아
깔아뭉개는 거 좀 보소

밟힌다 밝힌다
터진다 펴진다

하, 요놈들
무릎 꿇고 회개하는 거 좀 보소
줄줄이 거동 좀 보소

하,
하,

똥을 누던 고양이는 가버리고
TV에서는 똥인지 된장인지 모를 기자 회견이 한창이다

시네마 천국
—장자연을 추모하며

별이 되게 해 주마

꽃 시장에서 만난 그들은
금방이라도 별을 따 줄 것처럼 밤이면 나타나
아랫도리부터 내린다

꽃이었을 뿐

문은 열릴수록 어둡고
죽을힘을 다해
외쳐 댄다
제발 이 방에서 나가게 해 주세요
캇
이봐 시들지 말라구

안 되겠다
쉬어가며 하자

쉬어가자는 놈마다
소주 맥주 위스키 수정방
하나같이 밀어 넣기만 한다
사방 갇혀서 피를 흘린다

스피드를 내자
큐
이봐 다리 좀 찢어 아니 한 쪽만 걸쳐
악착같이 파고드는 꽃 대궁 속
붉은 얼룩

필사적으로 움직이지 않는다

짧은 거래
별이 되었다

당신들은 누구십니까

남은 한 시간
어둡게 둘러앉은 승용차 안
어디로 갔나 뉴스 공장
어디로 가긴 사퇴 임박

나 국회의원 세 번이나 했어
코비드테스트 거부한 진상까지
우리의 조국엔 누가 사나요
유투 유투

시속 110킬로미터
내기나 하며 가요 우리 누가누가 불꽃처럼 살았는지
미투 미투
모두 꽃 이름 앱을 다운 받는다

엔트리 넘버 원
활짝

연결에 실패했습니다

Entry number two

활짝 활짝

이름을 찾을 수 없습니다

엔트리 넘버 3

활짝 활짝 활짝

일치하는 이름이 없습니다

다시 시도하기 바랍니다

검색창은 실시간 사이비

광화문 불꽃들처럼 한 번쯤 피어나 볼걸

속초부터 시드니까지 이십오 년

한숨에 도착한 블루마운틴

초입에 와라타*

---

* Waratah: 호주가 원산지이며 NSW주를 상징하는 꽃.

당신들은 누구십니까

산을 내려오다 문득
단체 사진이나 찍어요 이대로
모두 꽃이었던 순간
이 하나를 위해 제대로 통과한 적 있습니까

제2부

금희 언니

베란다까지 올라온 등나무가
몸을 뒤틀어 등을 매달고 있다
서울이나 시드니나 거친살이는 매한가지라며
스무 해를 새벽일 나가던 언니
세 끼 밥도 이제는 쉬어 가야겠다더니
신장 하나 떼어 놓고 입원을 했다

보랏빛 등꽃이 기웃거리는 병실
돌아눕지 못하는 몸으로 누워서야
숨이 차 뱉어 내는 모국어 잠꼬대
꿈길인 듯 꽃길인 듯
지난 스무 해 금희 언니의 생이
하얀 병실 유리창에 나타났다 사라진다
틀어 올리며 힘이 되었던 어린 꽃망울
해마다 겨울 밀어내며 흙 속을 걷던 맨발
안으로 부는 바람 흔들릴 때도 있었지만

마른 가지 끝 주저앉으려는 몸을
길게 얽힌 힘줄이 말려 올라가는 봄으로
등 구부린 언니의 숨소리
어린 가지의 물관을 따라
봄이 가기 전 수직으로 올라 꽃이 피고 있다

사랑의 뮤직 차트

마스코트 마스코트
일터를 알리는 멜로디가 아침 햇살 두드리면
리듬을 타고 역을 빠져나오는 몸 성치 않은 노동자들
길 위의 그림자가 천천히 일어선다
안녕 쿠앙 안녕 올림피아

굽어진 철로 돌아오느라 한편으로 기우는
기차의 중심 붙들고 있던 구부정한 몸짓으로
쿠앙이 고개 돌린다
안뇽 킴
그들에게도 모국어는 있지만
몸에 비스듬히 달라붙는 콩글리시
안뇽 안뇽

앉으며 기울어지는 다리 짧은 그리스인 올림피아
실밥 풀린 인형처럼 고개 헐렁거리며 걸어가는 필리피노 쿠앙

꼿꼿한 것들을 접어야 하는 삶
박스 접기 배우다 말고 늘어지는 오후
하우 두 유 세이 아이 러브 유 인 코리안?
박스를 따라 접히던 손바닥에 Saranghae를 써주자
스물네 살 제임스도 싸랑해
쉰네 살 알렉스도 싸랑해

어느새 사랑이 굽이치는 물결에
올림피아의 다리는 길어지고
쿠앙의 등이 펴진다
경계를 풀어놓은 사람들이 부르는 노래가
호주 장애인 직업 센터의 뮤직 차트를 달리면
나도 따라 부르는 고향 노래
사랑해 사랑해

역송금하는 남자

내 남자의 땀을 찾으러 가는 날입니다
간판이 야윈 얼굴 하고 있는
역송금 계단 올라갑니다
한 사내 밥때를 놓쳤는지
송금 영수증 구기며 뛰어 내려오는
2층으로 올라가는 길 이리 가파른 것은
당신이 하는 일 숨차서일 겁니다

스트라 해장국 집에 혼자 앉아
순댓국 소주 한 병
길게 들이켜던 저 남자
등 뒤로 걸친 땀방울
뒷주머니에 해진 목장갑이 대롱거리는

언제 떨어질지 모르는 바닥이며 벽
타일을 조각조각 붙여 놓고 보니
두고 온 얼굴들이었다지요

골조 세우는 것만큼이나
간절한 추임새였던가요

아득하게 짊어진 채
모니터를 사이에 두고
수수료가 찌르는 꺼뭇한 속
마우스 꼬리에 추락하는 숨

저 남자를 보면
생의 등을 기웃거리는 얼굴
숨찬 당신의 땀이
끈끈하게 스며옵니다

뿌리

바다가 밀려오는
파라마타강 하구
물결에 뿌리를 들이밀며 사는 나무들

밀물이 만드는 길 위에 기둥 세우다
강기슭 흔드는 물결 견디지 못해
뭍에서 흔들리는 맹그로브
황 씨가 잡혀갔다

맹그로브가 되기 위해
터지고 부른 발
강 목수의 만류에도
광산 많은 서부로 철 일하러 가게 됐다며
누런 이로 웃던 쇳물 같던 황 씨
서부 끝자락 퍼스의 파도
주급 센 물결 사이로 뿌리를 넣다가

뽑혀나간 황 씨

퍼스 지나
동해의 어디쯤에서
오징어잡이 배 그물을 감고 있는지
대포항 폐선에 엎드린 얼굴
파도 소리 끌어다
길을 내어 만나고 있는지
빌라우드*에 꼬부리고 앉아 든 잠
어깨로 내려오는 미소
깨지 말기를

밀물 돌아가는
시드니 파라마타강 하구
발 하나 붙들어 맬 기둥을 세우던

* Villawood: 시드니 근교로 불법체류자 수용소가 있었던 곳.

맹그로브 뿌리 하나 떠내려간다

아나 베이 은하수

먹구름 천둥 모래바람
23시 7도 50%

오랜 사막을 횡단해 오고 있는
수천수만의 별 기다리는 시간
탐사선 주노는 목성 궤도에 진입하고
별은 사람들을 향해 날아온다

살아가는 일은
빛줄기 홀로 떨어지는 유성우
세상의 모든 움직임 혼자 견디는 아픔
생이 가장 낮은 곳으로 내리꽂혔을 때
시린 별 뽑아 올린 어디쯤일까
모래 언덕에 처박힌 암세포 촘촘한 별

어둠 끝에 와 보니
세상 모든 깜박이는 것들이 응급차의 비상등 같아

외면하듯 고개가 돌아가는 것

멀리 뉴캐슬 시내 불빛처럼
아나 베이 거뭇한 밤에 하늘이 켜진다
혼자서는 희미해 무리 지어 스며드는 별들
모래 위로 내려앉는다
참 멀리 왔구나

까마득한 날
설악산 소청 산장에 있던 저 은하수
대륙의 아나 베이에 잠들러 오고 있는가

어두워지는 기상청 예보를 읽다가
별의 궤적을 찾아 나선다

수행자, 씨 클리프 브리지*

한쪽으로 기우는 짐을 부린다
사는 일은 늘 절벽으로 기우는 삶을 옮기는 일

해안도로를 따라 달리는 길
스스로의 굴곡이 내려다본 별점을 향해
자기 몸 떠받치고 있는 다리

마을로 들어가는 전장 665미터
산그늘 짊어지고 공중에 떠오르기까지
먼 길 돌아야 했던 날들 생각하는지
구불거리는 해안을 보며
면벽 중인 다리

청청하던 하늘이 때 아닌 폭우를 내린다

---

* Sea cliff bridge: 시드니 시내에서 남쪽으로 60키로 정도 떨어진 울릉공 시내와 주변 동네를 따라 해안도로 절벽 옆 바다에 세워진 해안도로 교량.

마음이 빛을 잃은 건 아닐까
남십자성 실어 나르는 태극 운수의 안개등 하나
축축하게 켜진다
하루보다 긴 순간

영종대교 건너올 때 그 별은 이미
대륙의 천근만근
이스트우드를 떠나 빛을 일으켜 세우며 달리는 길
울릉공의 다리가 대신 가부좌를 틀고 있다

유산

별 없는 하늘
이삿짐 가득 어둠을 싣는다
노인이 살다 간 정부집 원룸
차례를 기다리는 대기실로 달려드는
깜깜한 집들
오랜 기다림 그마저 없는
별빛

해진 슬리퍼 아직은 필요한지
망서리며 건네주는 옆집 브루스
비 오는 날이면 지나온 통증까지 짚어주는 중국인 랑랑
내 방 식탁에 놓고 가는 소시지 감자 한 개의 마음
마당 물줄기 한쪽을 잡고
별을 먹는 창가의 레몬 나무와
방문 앞 통로의 어둠을 찌르는 선인장
슬그머니 문턱을 드나드는 얼굴들을 향해
별빛 한 상 준비 중

마당으로 별들이 몰려온다

헐거운 자물쇠 얼굴로
다닥다닥 붙어사는 사람들
김원일의 마당 깊은 집 같은 지갑 속 흑백사진 한 장이
가슴을 여는 이야기
나는 호주
호주 정부만 모르는 우리들은
호주

햇간장 달이는 시간

사투리가 계산대로 다가올 때까지
햇살이 두드리는 아침나절
이민의 간판이 그림자로 밀며 들어온다

구름 낀 날이면 통관 절차도 길어지는지
불쑥 도착하는 컨테이너 속
진간장 양조간장 조선간장 기미 낀 콩
구별하느라 가지런히 몸을 일으켜 세우지만
눈길 드문 식품점

손바닥에서
꼬부라지는 허리에서
땀으로 부풀린 콩 비린내
못물처럼 햇빛 들어가는 밭고랑이었지
어머니 등줄기를 타고 빠져나간 여러 해
까맣게 익어 터져버리는 멍울
맑게 배어 나오는 햇간장

검버섯 찍어 혀 밑에 머금으며
진열대에 나란히 앉아있는 먼지

돌아 나오는 긴 시간
저 백인 남자
꼿꼿하게 기다리고 있는 여자의 입 끝을 따라
사투리로 어르는 솜씨
— 핵칸장만 없다카네
짙고 자잘한 내력 맛보기나 했는지

언뜻 소리를 쫓아 떠났던 마음
계산대 손끝으로 재빠르게 돌아와 머금는
시드니 이스트우드 식품점

입 안 가득 뿌리내리고 사는
한 줄 그어 놓은 흔적이 환한 아침이다

언덕에서 만나다

그라피티가 희미한 석탄공장 벽
폐광의 흔적은 없고
바다 한가운데 낡은 철교
생을 나르던 밀차는 어디에

가파름만 남은 언덕
굴삭기가 파헤친 푸른 하늘아래
은근히 세운 무릎
사북 터미널을 빠져나올 때
갱도로 들어갈 줄이야
대물림 같은 캐서린 힐*

새벽 안전화 깊숙한 곳
탄광 속 발가락처럼 어둠은 정확하고
짐 부릴 곳 없는 집을 만드느라

---

* 호주 시드니 남쪽 반도 해안에 위치한 옛 광산 마을.

얕은 기침에 기우뚱거리는 밀차
얼마나 더 뒤엎어져야 하나
죽어서도 반복되는 살과 피

부식된 낙서를 따라 부지런히 걷는 폐석더미
불쑥 튀어나온 힘줄
그림 속 쇠사슬이 발에 걸린다

힘주고 일어설 긴긴 햇살
남십자성 아래면 어때 이 언덕 오를 때마다
온 생을 잡고 버티는 다리
아버지의 얼굴

롱제티에서

오후 늦게 롱제티에 오니
하늘이 한차례 더 먹구름을 깔아 놓는다

펠리칸 먹이 주는 시간
카메라들 함성 터질 때 문득
올려다본 하늘
이글거리는 햇살도 노을도
열렸다 닫히는 조리개 속으로

빠르게 스치는 얼굴 하나
빗방울이 떨어진다

무 배추 다 쓸려갔다는 엊저녁 통화
먼 곳은 장마라 한다
서로에게 기우는 말들이
카메라에서 모발폰으로
다시 해변의 모든 소리들이 손가락 끝에서 흔들린다

주전자 물 끓는 소리에 따뜻해지는 종이컵
고단한 얼굴이 비바람을 훌훌 휘젓는 동안
길어진 하루
왔던 길 밝혀야 할 별들 다 나오는 롱제티의 밤도
훌쩍 가벼워지긴 했는데

선데이 마켓

블랙타운 새벽 마켓이다
구경꾼들이 스톨 앞으로 왔다 간다
김치 냄새로 왔다 간다 월남 국수 냄새로 왔다 간다 파스타 냄새로 왔다 간다 케밥 냄새로 왔다 간다 카레 냄새로 왔다 간다 오향장육 냄새로 왔다 간다
일생 붙어 다니는 냄새 풍기며 왔다 간다
휴일도 없이 왔다 간다

그 입에서 굿모닝이 터진다
매끄러운 시작이다 버터 발린 목청이 십중팔구 깎는다 의외로 안 통한다 한방향으로 미끄러지듯 빠져나간다 완벽한 구도로 되돌아온다
1달러 2달러에 등이 기운다 기울어진 자세를 틀지 않는다
햇살 닿을 듯 말듯 수백의 냄새가 달려든다

해는 중천
스톨 너머 피쉬 앤 칩스 냄새 한결 길어진다 사방 포개어

진 냄새에 걸터앉는다
　일요일은 마음속 어디서든 피크닉

　구경꾼 아닌 시절이었다

제3부

마지막 패

다 저녁때, 구들장에 깔린 군용 담요

말이 나왔으니 말인데요
꽉 쥐고 계시면 안 되잖아요
뭐가 그리 억울한지
납작 엎어진 표정들 붉으락푸르락
지상에서 사라진 나의 온 생애로 파고듭니다

그래요
나는 유언 없이 죽었습니다
선산 팔아야 하는 건 이를테면
요양 병원의 아내를 둘러싼 간병이라든지
화투장에 충혈된 제사 전야

개평 뜯는 셋째
시골집 빼돌린 둘째
송두리째 흔들고 싹 쓸고

수그린 채 뒷장만 문지르는 첫째는
독박에 피박 광박
지금은 설사 중

다시는 보지 않을 것처럼 짜고
치고, 돌아앉은 낯짝들입니다
나는 어금니 꽉 깨물고
쓰리고 쓰리 고
못 먹어도
그래요 잠자코 바라만 봅니다

군용 담요에 쫙 달라붙는 마지막 패
나 가리

동창회

니 우리 핵교 초매 왔을 때 있잖아요
순뎅이 사나 새끼들 가찹게 앉고 싶어서
을매나 심 자랑 해댔는지

이모 집에서 두 해 다니다 졸업한 나에게
같은 반이었던 이장은 말을 놓지 못한다

니 아직도 혼자잖아 기래 가지고 뭔 장가를 가나
경애야 자가 메루치 만치로 맥새가리 없이 보여도
이 근방 옥시기 밭 몽지리 자 꺼고 얼매 있으면 막국시 집도 차릴 기야

마흔 중반에 혼자 된 이모 딸 경애와 대머리를 두고
이장이 입방정을 떨자
막국수 집 사장이 될 거라는 노총각
막걸리 사발 단숨에 비우고는
머쓱하게 툭

자가 무슨 말을 하나
니 이장이면 다나
술이나 마세
딸꾹

불편한 눈빛 스치는 산골 마을회관 열 오른 시골뜨기들
술잔만 만지작거리는 국민학교 동창회

올챙이

그게 용하다는데
그럼 잡아봐요

쥐들이 가을 햇살을 물어 나른다
아버지가 큰언니 토끼장 앞에 쥐덫 두 개를 친다
날은 소슬해지고 마침내 토끼장 옆
엄마가 내 새끼손가락보다 가느다란 살코기를 연탄 화로에 굽는다
언니들 오기 전에 얼른 먹어
나는 아버지 팔뚝에 안겨 쇠고기를 오지게 씹는다
고소한 내가 뒤란에서 집안으로 솔솔 퍼진다
새앙머리 작은언니가 빤스 바람으로 달려 나온다
점순이가 작은언니 곁을 바람처럼 스친다
작은언니가 점순이 꼬랑지에 걸려 나동그라진다
토끼하고 인옥이만 예뻐한다며 눈물 범벅이다
토끼장을 향해 나무 꼬챙이 쳐든다
점순이도 덩달아 소란에 끼어든다

토끼 먹이가 어지럽게 널리고 쫓기던 토끼가 쥐덫에 걸리고
날은 자꾸 균열이 가고
엄마의 한숨이 한 번 더 번개탄에 붙는다
꺼멓게 익어가는 살점
작은언니가 아버지 허리에 착 달라붙어
손가락까지 쭉쭉 핥아먹는다
점순이가 꼬리를 좌우로 흔든다
고기 냄새가 대문을 열고 깡총깡총 빠져나간다
큰언니가 골목 어귀에서부터 귀밑머리 날린다
토끼장 문을 열어젖힌다
종일 헛물만 켜던 점순이가 큰언니 앞에서 알짱거린다
큰언니 책가방이 애꿎은 등짝을 내리친다
깨갱 뒷걸음 치는 점순이 바라보며
들어가 숙제나 해
엄마가 부지깽이 쳐든다
시침 떼는 옷자락을 움켜쥐고 큰언니는 기필코 제자리다
대문니 드러내고 냄새의 출처를 물고 늘어진다

늘어선 햇빛과 바람이 슬그머니 피한다
작은언니 눈에서 새빨간 눈물 한 점 뚝 떨어지고
나는 쥐죽은 듯 손을 숨기고
아버지 그림자가 뒷문을 빠져나간다
꼬랑지 하나가 딸랑거리며 그림자 꽁무니를 따라붙는다

네 살 때 올챙이처럼 배가 뽈록해졌다
한의원, 링거 병, 수두룩 쌓인 약봉지
다 소용없는 깡마른 애물단지
뒤란의 수런거리는 음성은 그날 밤 그 다음날 밤도
뚝 잘라
환갑을 바라보는 이 나이에 허리가 날씬한 것은
쥐 보은 그 때문일 것이다 단
그 시절 대한뉴스 제1080호
쥐를 잡자

다들 찍소리 마시라

바람 속으로 이제 막

지요?
오토바이 타고 찾아다녔지요

지가
알랑방귀 뀐 그 가시나와
대구로 포항으로 트럭 몰고 다니는 동안
지는요
고삐 잡고 꼴 베고 오토바이로 비료 나르고
만다꼬 빙시같이 땡빝에

지 나이 스물셋
알라 젖먹이다 말고 그 바람 속을
하도 쌩쌩 달려 고마 논바닥에 나뒹그라졌어요
빈들에 어퍼져 가보니 별빛 덮고
내 니 좋다
발모가지 잡히던 날 생각나 목맸지요

지 아는 벌써 시집갔고
사춘기 글마 버르재이 없을까봐
글마 아빠요?
만삭일 때 하늘이 데려갔어요
마디 굵은 거야 윈저로 갤스톤으로 농장 다니가 그렇고
말했잖아요
우야던지 살아보겠다고

지 나이 쉰다섯
단디 맴 잡은 줄 알았는데
우야꼬
고향 언니들 만나니 흉터 모잘스럽게 나오네
보양탕 먹으러 가는 날은 더해
보통일 아니잖아요 스물이었는데
이잣뿟지 못해요

그케도 시드니꺼정 왔으니 용 됐지 머

지는요
여가 좋아요
글쎄 안 가요
고향 가믄 다방으로 여관방으로 찾아다닐 거 같아요
누가 있다고
나살 먹어 주름살 천지고
몽창시럽기도 하고
이대로는 몬 가

언니들 숭보면 안 돼요
근데 고마우서라
쫌!

욕봤다
숭도 못 본다
그케도 고향말로 들으니 속이 선하다

이스트우드 북경 오리

홍등 아래
잘 해드릴 게요

매끈할수록 고소하게
치열할수록 빠삭하게
쩍 벌린 다리 사이 맛보고야 마는
킹스크로스풍 거리

호기롭게 날아왔으므로
햇살을 노래하는 구릿빛 몸뚱이
북경인지 시드니인지
헷갈린 채

이스트우드 푸른 새벽에 불어온 칼바람
전단지 속 신장개업이 아찔하다
찌든 도마 위에선 별을 밝히려 파나돌 삼키지만

어두워지는 가게 한편

바람의 나날
욱신거리는 카운트다운
관성처럼 칼이 날아온다
순식간에 토막이 나는 나

막다른 작은 플라스틱 통속으로
한 토막 두 토막 들어간다
어딘가 도달해야 한다면
뼈아프게 살아야 하는 요염

원조에서 테이크어웨이 숍에서
이국의 해진 식탁 위로 올라탄다
홀랑홀랑
부르르 부르릉

구릿빛 땀방울로는 뭘 해도
우회할 수 없다는 걸

경계를 서다

늙은 개 한 마리 졸고 있다

그 동작은 뭐니
그 눈치는 뭐냐고
밥그릇 크겠다 잠자리 그대로겠다
공연히 떠올리지 말고
집이나 잘 봐

사방 벽뿐인 집
빛과 어둠 끌어모은 채 꼼짝 않고 있다
어딘가 모호한 모습

어느 날은
빈방의 문을 밀어 열고
또 어느 날은
그대로 엎드려

꼬리 잡혀 놀던 아직 어린
웃고 재잘대던 눈에 보이지 않아
덤프트럭 소리에 깔린 귀
슬퍼 좋았던 시절을 본다

여전한 침묵
전봇대에 꽃이 피어 있다*
백 일 동안 천 일 동안 죽음을 거두고
묶여 있다
묶일 수밖에 없다면
그 자리

경계와 경계 앞
늙은 개 한 마리
사고 현장을 향해 절뚝거린다
그 말을 위해

---

* 교통사고로 사망한 지점에 꽃을 매다는 호주식 추모.

블랙 혹은 블루

사자가 찾아왔어

시집 두께의 다이어리를 펼쳤지
괴괴한 낙서들

첫 장
암호를 풀던 밤
블랙이던가 블루던가
조니워커란 자와 함께였다고
마지막 한 방울까지
뚜벅뚜벅

무슨 실랑이였길래
어두워져야 한다고 곧장
하루살이 가득한 형광등 속으로 뛰어들었나
가슴에 쓰인 알리바이는
시체 안치소

다음은 너야
인옥 지옥 연옥 인옥
한 무리의 탄내가 피어올랐지
천장이 말했어
그만 좀 죽어

무시무시한 새 가슴
암 덩어리에 눌렸을 때 막장 쪽으로
편집해야 했나 내 무심한 호흡

사실은 상관 안 해
오래전 얼룩지다 만
몇 개의 인용구
이제 막 뜯어낸
단호한 다이어리를 펼치고

시작을

지금부터라고 하자

좀 더 정확한

헤드라인

십중팔구

저승

그대가 유채꽃이 되려는 순간

1

노란색 물감이 쏟아졌다
몸의 굴곡을 따라 필 수 없다면
잠시
지구 밖은 어때요
화성은
금성은
대답이 없어

얼룩으로 사는 일
오늘 밤엔 노랗게 전이나 부쳐 먹을까
머리 어깨 무릎 팔
무릎 팔은 떼버리고
얼굴만 살려볼까

2

비율은 제각각
이름을 바꾸면 어때요
찔레는
오랑캐는
실체를 불러일으킬 뿐
스스로도 더는

누군가 다가가 끌어냈다
얼룩을 알아볼 수 없도록 태워버렸다
이 향기는 뭘까요
기억은 잿더미 속에서
필 준비

몸은
유채가 그대 이름이었던

모든 순간

노란색 물감이 왜 질 수밖에 없는지

거처를 옮기다

—2018, 이승희 시인에게

브로셔만 들고 모두 두리번거리고 있습니다

파트 1
기린만 보러 오는 사람
종일 서서 시인만 쳐다보는 기린
끌림에 주목하는 시인
기억은 옛집

타롱가 동물원에 오신 걸 환영 한다구요

파트 2
기린이 울타리를 넘었다며
동물의 사육제가 물결치고 있었거든
바다로 뛰어들었다며
페리가 지나 갈 때였거든
경쟁하듯 달렸다며
원숭이들이 박수로 부추겨 세웠거든

무대 위에는 캥거루 수족관 피아니스트 등이 빼곡합니다 피아노가 껑충껑충 뛰고 있습니다 14곡 어느 장에도 기린과 시인은 보이지 않습니다 편곡도 없습니다

둘은 만났습니다 둘의 만남은 이루어지지 않았습니다

기린 한 마리가 빌딩 숲을 뜯어먹고 있습니다 바다를 마시고 있습니다 굶주린 기린은 본 적 없습니다 어떤 시인이 바다에 뛰어들었습니다 종일 없는 것들만 찍고 있습니다 황망한 시인은 만난 적 없습니다 사람들은 눈만 웅얼거립니다 복잡한 것에 대해 불쑥 나서지 않습니다

광고가 공사중이라니요

바다만 바라다보는 기린이라니요

브로셔에 찍힌 장면이었다

별과 사이프러스가 있는 집

별을 밝히지 않고는 찾아갈 수 없었네
별을 밝히지 않고는 찾아갈 수 없었네
모두 잘려 나간 나무
어쩌면 거기까지 가서 텅 비웠는지

내가언젠가그래언젠가고흐의사이프러스에홀려그래홀려
서그림속에들어갔다한들그래그랬다한들벌목꾼다녀간그숲,
가을빛
짧게 눈인사를 했으나 와서는 안 될
돌연 불청객이 되었네

가마 속 수천수만의 숨
찰흙덩이와의 이색행위
춤추는 두 손
몸 하나 빚고 숨결 얹고
여기까지는 진화를 꿈꾸는 물레 성형
나는 막 도착했을 뿐

내가언젠가그래언젠가이사도라던컨에끌려그래끌려서춤을추었다한들그래그랬다한들무희들내려온무대위,

도공의 수술대를 상상하다
질문의 책에서나 묻는 질문들을 던졌다네
언제부터 한 몸이었나요
만져지나요
심장은

검은 듯 하얀 자태 뽐내는
연기가 하늘을 만질 때
느린 노래와 춤사위도 끝나 있었네
수천 년 불그림자
별과 사이프러스가 있는
그 집이라네
이사도라 던컨이나 고흐를 태우며
다음에 제대로 보여주겠다는 약속

가마터는 날 묻지 않았네
남은 건

나는언젠가그래언젠가별과나무를찾아그래찾아서밤새워
태워야할지모르겠네,
멀리 희미하게 빛나는 그늘,
깊은 말

침묵의 봄

말벌 한 마리
봄을 찌르고 날아간다

독을 펼치던 지난 여름
집 털린 꿀벌들 떠난 그 자리
향기 없는 말벌집 하나
등에 업고
제멋대로 뻗친 등나무 줄기

전지가위를 들고
베란다의 등나무 가지를 친다
아버지의 벌들은 윙윙거리고
한 번도 제대로 펴지 못한
등 꼬부라진 꽃

있는 힘을 다해 가위질한다
뚝뚝 잘리고 마는 등나무 가지

봄을 찌르던

독 오른 침 하나 날아간다

제4부

고요를 읽다

그걸 읽을 수 있겠니

숨 가쁘게 저 기차
이만치서 보니 한 발짝
내처 달려왔으면 그만이지
소리에 소리를 물고 끼어들려는

그건 기적이 아니지
이사할 때처럼 울면 시끄러울 뿐

고요 속에서
부시터키* 허둥대는
검트리** 검은 피 흘러내리는
그 소리 듣는 일이 숲에겐
깨진 얼굴로 엇갈린 사람에 대한 일

---

* Brushturkey: 숲 근처 주택가에서 볼 수 있는 야생 칠면조.

** Gumtree는 유칼립툽스 나무를 말하며 Bluegum 이라고도 한다 .

목적지도 방향도 잃어버리는 곳

절묘한 지점
앞은 매끄럽지 않아

몇 개의 가능성에 대하여
때론 두 갈래 길
허락도 받지 않고 가슴의 나무를 베어낸
캄캄한 소리를 끌어안고
지금은 막다른 길을 통과하는 중
숲을 빠져나와 기적을 지르는 기차
여기까지의 고요

아픔 없이 그걸 읽을 수 있겠니

밥은 굶어도

이번엔 담배라
수백 일째 금언은 어쩌고
굴뚝 연기처럼 빠져나갈 건 뭐야
어떤 거냐고 묻는 놈은
또 뭐냐고
다들 저 모양이니
그래도 콩깍지
가만
밥상 물리고
나간 지 한참인데
나갔던 길 한눈팔았나
눈 깜빡 스치며 나갔지 아마

그때까지만 해도

한 손엔 심부름
옷은 왜 털어대는 거야

웃었어 뭐지
애늙은이 구부정하게
제방으로 들어가는 꼬락서니 좀 봐
뭐냐고
저 로댕 같은 자세는
이런 생각을 하는 난
뭐지
공들인 수험생
그게 가능하냐고

가공 지선에 고압 전류가 흐른다

이 퇴직 늙은이야
물려줄 게 없어서 대대로
어쩌려고 나만
하루 세끼냐고

해독
—태양에게

문 닫을 시간
픽업해 달라는 말이 없다

막차 시간표 끝에 보낸 몇 자
짧은 암호 하나 도착한다
암호를 해독하여
자카란다 꽃등을 밝힌 주차장에서
너를 기다리는 중
저만치 도서관 벽을 기어오르는
담배 연기를 본다

집으로 돌아오는 밤 고요보다 무거운 봄
냉기가 차 안을 감싼다

방문을 박차고 들어가더니
한 줄 마음이 내 방을 노크한다
12시간 꼬박 앉아 있었어요

제대로 했는지 묻지 않겠지만
기억은 언제나 암덩이
저도 안다는 뜻
살다 보면 어느 순간은

불안한 마음 서로에게 흩날렸던가
자카란다 향기가 우릴 덮고 있었다

창밖으로 눈인사

화물 열차가 들어온다
베란다를 지나 거실 창을 지나 부엌 창을 지나
긴 화통을 몰고 방문을 열고
나를 향해

두 팔 벌려
세간 전부를 소개해야겠지만
소파 밑으로 식탁 밑으로 침대 밑으로
내가 모르는 바닥까지
어느 땐 제트기처럼 사라져

귀를 눌렀던 손가락 끝을 떼어 놓는다
조금만 열어 놓아도
몇 분 간격으로 쳐들어오는 집채 만한 소리
지랄스러워

불을 끄고 싶은데

늦잠이 사라지고 초저녁 잠이 없어지고
신경 안정제 운명 교향곡 틀어 놓고

철로 변의 밤이 길어
별 하나 짐칸 하나 별 둘 화물칸 둘 끼기긱 치익폭 여든 세 칸
위층 신혼부부 별 뜨는 시간
아래층 노부부 보청기 빼는 시간
기차가 지나가서 살아가는 이웃

창 밖에 걸린
내 눈

화물열차의 짐이 되는 일

짐이었어요
오래전에 나도

창문턱에서
매일매일 지켜본 화물 열차를 탔어요
건망증을 지나쳤으므로
쉰아홉 번째 칸에 와서야
아무것도 없음을 알았어요

셀 수 없이 긴 하루
쉽게 내릴 수 없는 빈 오늘

슬퍼져요
어제는 미역국이 끓는 쉰여덟 번째 칸
Happy birthday to you!
촛불은 껐는지
가랑잎 같은 잉여의 시간

들여다볼 수밖에 없는
자랑스러운 게 없음을 알았어요

마음을 찢고
예순세 번째 칸이 지나가고 있어요
따라다니는 몸 한구석
내일은 어쩐지 털털거리는 당신을 만날 지 몰라요
눈물이 찔끔거렸어요

저물녘이었어요

베란다에 갇힌 나에게

단풍이 있었어

건망증이 베란다로 따라 나왔어
철컥 순간
한 생각에 빠졌을 뿐
겨를도 없이 잠겨버린 손잡이

머리가 비어지는 동안
베고니아 꽃잎을 뜯어 먹었어
목이 말랐고 오줌이 마려웠어
부수거나 깨는 것을 궁리하는 대신
어정쩡하게 팬티를 내리는 일

바람이 있었어

창문 몇 개가 다가왔고
가을이 흘렀고 개미는 방향 없이 헤엄쳤고

화물 열차가 물보라를 일으키며 지나갔어
타일 바닥이 온통 후끈해졌어

쭈그리고 앉아 내다보는
멀리 거실 유리창 가까이 거실 탁자 위
모발폰이 오늘 만날 고객들 꼭꼭 씹어 먹고 있었어
입술이 진동했어

내 밥줄 씹지 마

전두엽이 꺼졌다 켜졌다
아니었어
세탁기 돌아가는 소리가 화장실 물 새는 소리가
이사 와서 제일 먼저 바꾼
잠금장치 풀리는 소리가
멀어졌어

최대한 빨리 들어가기
그럼에도 갇힌 건
글쎄 아니었어

거실 유리문 밖
내 자신이 표적일 뿐 기억은 번번이 더 밖으로
눈길을 던졌어

단풍이 바람을 삼키고 있었어

들깨 한 알의 회고

폭염 지나다니고 폭우 지나다니고 기차도 지나다니는
아파트 11호 베란다에서
자랐어 혼자
나무젓가락보다 작고 가느다랄 때
숨 막 고르기 시작했을 때
희미한 별 한두 개씩 숨어 있는 시인 집으로
입양되었어

해 질 녘이면
시인은 귀에 못이 박히도록 깨를 털었어
세찬 막대질과 기분 좋은 휘파람
깨로 산다는 건
두렵고 두근거리는 일이었어
품고 터는 일에 온 생을 걸었어

꽃다리 필 때였어
벌레 한 마리 몸속에 숨어들었어 문득

나비가 되어 옛집을 찾아보고 싶었어
시인이 나무젓가락으로 솎아내기 전까지
하루하루가 긴 내일이었어

모르는 눈치였어
들깨 한 알
택배 도착하고 밥물 끓어 넘치고 고양이 세수하는 소리 들리는
아파트 11호 집에
가을 햇살이 다가왔어

바람 잔 날
꽃다리는 까슬까슬해지고
속 빈 깨들이 하나 둘 베란다 밑으로 떨어졌어
참깨의 꿈을 안고
한 번도 쬐어본 적 없는 햇살
시인과 호흡을 맞추고 싶었어

있잖아요 제가 털어봐도 될까요
열려라 깨

생의 어떤 지점
시인이 자기 입속으로 깨를 털었어
가을 지나갔고 고향 가는 기차도 지나갔고
번지도 주소도 이름이 미치는 영향

거무스름한 별 한두 개씩 터트리고
고소하면 되었어

유리창 위에 찍힌

한 고정된 시선이 있다

유리창 그림자를 노려보고 있다
금방 깨질 눈빛
커튼 자락이 여러 방향으로 분열되고 있는
동자의 움직임을 보아
무장의 방점을 찍고 있는 것
비가 들이쳤다 그림자가 다가갈 때마다

그맘때쯤
당신이 살아났거나 당신을 죽였거나
밤새 쪼그려 앉아 울었거나
간절한 것들
나름 자격증을 딴 시점이었다
빗줄기가 대기하고 있는
유리창 위에 찍힌 서포트 워커

눈에 그림자를 맡긴 아침 10시가
관통되고 있다
안간힘을 쓰며

한 정해진 출근이 있다

부러진 언덕의 회상
—아웃백 일기 1

1

점점 붉음
사방이 흙 냄새

달리고 달리고

2

새벽달을 찍다 마주친 남자와
처음 몇 초
나는 이럴 때 꼭
분별없는 웃음을 흘렸고
입술을 빨던 파리가 숨을 거두었다
비린 밤공기 내버려 뒀어
비 온 뒤
지난밤 달무리는 당신이겠거니 하는 생각

그러나 새벽달
은근하긴 했지만

달리고 달리고

3

멀리서 봤을 때
사람의 중심은 비어 있는 모든 것
중심을 향하여 다가가는
죽은 줄 모르는 나무
내륙에 빠진 캥거루
가뭄에 찔린 도마뱀 그리고 딩고 펜스*
파리만 끓었지 어지러운 발자국은 찾아볼 수 없었어

---

* Dingo Fence: 호주의 동과 서 두 개 주를 횡단하는 세계에서 가장 긴 철조망. 소와 양을 딩고(야생 개)로부터 보호하기 위해 설치했다. 총 길이 5,614km.

기척은

카메라 앵글

달리고 달리고

4

불투명한 황톳길

사륜구동이 급커버로 휘청거리는 내내

흙덩어리가 구름 속으로 날아들지 않겠어

달리다 서다 차 바퀴에 엉킨 진흙을 끌어냈지

그때쯤 카메론 코너** 쪽 표지판은 닫히고

하루가 더 묶였지

** Cameron Corner(호주 내륙): NSW주의 북서쪽에 위치하고 시드니에서 왕복 3500km. 호주의 6개 주 중 3개의 주 (사우스 오스트레일리아, 퀸슬랜드, 뉴사우스웨일즈)가 한 지점에서 만나는 곳으로 퀸슬랜드 주 소속이다. 2016년 인구조사에서 인구는 5명이었다.

조심조심 탕진해도
좋기만 했어
어떤 구름은 비를 내버려 두었고
속도의 적은 안개와 돌멩이들
이 모진 킬로미터

달리고 달리고

5

차의 진동에 따라 졸음이 가물거렸다
이제 아웃백 한 조각쯤
맑은 피로

저 먼 달은
서둘러 밤을 지었지

러브 텐트
—아웃백 일기 3

그림자 진다 비켜

홀연히 깨진 아우라
마지막 일몰이 들어온다
그늘진 여자가 따라 들어온다

수천 키로의 붉은 신호등과
부재중 메시지
어디서부터 어루만질 것인가

이번에도 여자는
도시를 버리고
다 버리고 당도한 모양
피 냄새 기억하는 까마귀와 번갈아 입을 맞추는 XXXX맥주
산 건지 분간 안 되는 남자를 잇달아 생각한다

언제부턴가

하나를 쥐고 찾는 다른 하나
내 몸 안에 방탕한 여자라니
지펴나 채워
급하긴
어때 내륙에 깔렸잖아

사방 그림자에 들킨 채
맨살 맞대고 누운 여자
어떤 체위는 흙냄새 흥분은 언제나 빨라
캥거루 염소 이뮤 까마귀
사람으로 베껴진 내륙의 형상들
몇 날씩 드리워져

딩고 한 마리가 새벽잠을 문다
다리 사이 구멍 나도 절뚝거리지 않기
어떤 자세로 동틀 것인지

그늘진 곳 붉게 번지는
티브부라*에서 카메룬코너에서 내륙 어디에서
우리 인사는 제대로 나누었던가
나는 텐트로소이다
지퍼나 열어

사랑하나 없는 여자라니

---

* Tibooburra는 호주 NSW주 북서쪽에 있는 도시로 시드니에서 1290km. 티브부라에서 내륙 탐험을 위해 지었던 보급 창고(Fort Grey)를 지나 카메룬 코너까지 다양한 풍경을 감상할 수 있다.

화이트 크리프*에서
—아웃백 일기 4

에필로그는
실족 된 나의 프롤로그

레드 시그널에 도착했다 붉은 혓바닥 아래 오팔 러시가 있었고 포크레인 트럭 캬라반 세단, 폐차장 그 옆으로 봉긋한 채석장과 수백의 시추공

캥거루 한 마리가 구덩이 하나 또 하나를 뛰어 넘었다 그 어디쯤 빠졌나 싶으면 사막의 빛처럼 떠올랐다 성급한 거리 이마 반쯤 걸터앉은 까만 선글라스가 눈앞을 가로 막았다

어디까지 떨어졌을까

폐광 속 수천의 땀방울과 캥거루 타이판 쥐, 서사와 배경은 일곱 빛깔 나를 끌어들인 자태는 햇살에 부서진 채 하나

* 여전히 진행 중인 오팔 광산으로 시드니에서 북서쪽으로 1,051km.

같이 뼛가루 지하의 주인은 없었다

유색의 기운이었을까 비극적 전환점이기도 했으므로 꿋꿋하게 발광하면, 믿었던 일행은 알아들을 수 없는 농담으로 멀어지고 캥거루 한 마리 훌쩍 뛰어드는데 빠져나갈 빛은 블랙

내륙의 노숙자들이여
그럼 안녕

해설 · 시인의 말

해설

호주의 하늘 아래서 그리는 고향

이승하(시인, 중앙대 교수)

해외 교민의 수가 외교통상부 집계 750만 명이 넘어섰다. 작디작은 나라, 좁디좁은 영토에서 살다가 이런저런 이유로 중국의 동북 3성에, 일본 열도에, 연해주에, 중앙아사이에, 미주 대륙에, 유럽 각국에, 호주에 가서 살게 된 교민의 수가 800만 명을 향해 가고 있다. 해외 교민의 문학에 관심을 가진 두 개의 국내 문학 단체가 있었으니 국제한인문학회와 한국문예창작학회였다. 국제한인문학회의 기획 이사와 한국문예창작학회의 출판 편집 이사로 있으면서 쓴 글을 모아 『집 떠난 이들의 노래』라는 문학 평론집을 내기도 했었다.

호주와의 인연은 2017년 1월 호주 시드니에서 시작되었다. 한국문예창작학회 해외 문학 심포지엄을 시드니에서 가진 것을 계기로 단국대 박덕규 교수와 4년 동안 연이어 시드니에 가서 문예 창작 강좌를 진행했던 것인데, 그것이 작은 씨앗이 되었던 것이리라.

김인옥 시인이 호주로 이민을 떠난 것이 1996년이었으니 2021년 올해 25년째가 된다. 서른세 살의 나이에 떠나 이제 중년의 나이에 이르렀다. 그 세월의 깊이를 느끼게 하는 시편이 어언 60편 모여 한 권의 시집을 이루게 되었다. 지난 25년 동안 이민자로서 보고 듣고 느낀 것들이 오죽 많았을까. 처음부터 영어를 아무 거리낌 없이 했을까? 자식을 교육시키고 직업 전선에서 하루하루 살아가는 일이 만만했을까? 결코 쉽지 않았을 것이다.

내 남자의 땀을 찾으러 가는 날입니다
간판이 야윈 얼굴 하고 있는
역송금 계단 올라갑니다
한 사내 밥 때를 놓쳤는지
송금 영수증 구기며 뛰어내려 오는
2층으로 올라가는 길 이리 가파른 것은
당신이 하는 일 숨차서일 겁니다

스트라 해장국 집에 혼자 앉아
순댓국 소주 한 병
길게 들이켜던 저 남자
등 뒤로 걸친 땀방울
뒷주머니에 해진 목장갑이 대롱거리는
언제 떨어질지 모르는 바닥이며 벽

타일을 조각조각 붙여 놓고 보니
두고 온 얼굴들이었다지요
골조 세우는 것만큼이나
간절한 추임새였던가요

아득하게 젊어진 채
모니터를 사이에 두고
수수료가 찌르는 꺼뭇한 속
마우스 꼬리에 추락하는 숨

저 남자를 보면
생의 등을 기웃거리는 얼굴
숨찬 당신의 땀이
끈끈하게 스며옵니다

—「역송금하는 남자」 전문

이 시의 주인공인 '저 남자'는 호주에 와서 번 돈을 한국에 보내는 모양이다. 시의 각주를 보니 역송금은 은행을 거치지 않고 송금하는 방식으로, 일명 환치기라고 한단다. 저 남자는 뒷주머니에 해진 목장갑이 대롱거리는 것으로 보아, 또 '타일' '골조' 같은 시어로 보아 건설 노동자다. '내 남자'는 화자의 남편인 것 같다. "숨찬 당신의 땀"이라는 표현을 보니 그 또한 삶의 여정이 쉽지 않다. 호주에서의 교민들의 삶이라는 것이 결코 수월치 않다는 것을 한눈에 알 수 있게 하는 시다.

말이라도 잘 통하면 이민자 삶의 어려움은 거의 반은 던 것이리라. 현지인과의 소통에 어려움이 있으면 그 삶은 곱절 이상으로 어려울 것이다. 슈퍼마켓에 가서 물건 사는 정도야 손짓 발짓 동원하면 되겠지만 직업을 구할 때, 거처를 마련할 때, 병원에 가서 치료를 받을 때, 관공서에서 가서 서류를 뗄 때 영어가 능숙하지 않으면 살아가기가 참으로 팍팍할 것이다. 고국에서 성장기를 보내고 나서 이민 대열에 서는 경우 언어 소통의 어려움은 다들 겪는 어려움일 터이다.

쿠카부라가 질러댄다 쿠카카카카카 웃고 있다 입으로 따발총을 쏜다
콩글리시 혀 짧은 모습으로 사는 동안 하루에도 몇 번씩 깔깔거려서 수습할 길이 없다

벙어리처럼 살고 있다 중증 환자는 아니지만 직장에서 또 직장에서 속을 긁어대
귀마개를 하고 다니지만 귀머거리로 버티는 일이 쉽지 않다

소리가 터지기까지 새의 머리로는 웃을 수밖에 없다

—「어떤 이유가 있어」 전문

쿠카부라는 호주에서 흔히 볼 수 있는 새로서 새소리가 사람이 누굴 크게 비난하는 것처럼 요란하다고 한다. 즉, 쿠카부라는 호주인이다. 따발총처럼 말하면서 쿠카카카카카 웃는다. 화자는 "콩글리시 혀 짧은 모습으로 사는 동안 하루에도 몇 번씩 (호주인이) 깔깔거려서 수습할 길이 없다"고 한다. 그래서 중증 환자는 아니지만 벙어리처럼 살아가게 되었다. 직장에서는 속을 긁어대 "귀마개를 하고 다니지만 귀머거리로 버티는 일이 쉽지 않다"고 한다. 나의 목소리가, 즉 영어로 말하는 것이 '터지기'까지 호주인인 쿠카부라 새의 머리로는 웃을 수밖에 없다. 남의 실수를 보고 웃는 통쾌한 웃음일 수도 있지만 비웃음일 수도 있다. 해설자는 이 시를 영어 습득의 어려움을 나타낸 시로 읽었는데 아마도 이민자들은 언어 때문에 이민 초기에 수도 없이 등골에 식은땀을 흘렸을 것이다. 사람에 따라 다르겠지만 이민 1세대가 언어 문제로 곤욕을 치를 때 아주 어릴 때 이민을 떠난 1.5세대와 이국에서 태어난 2세대는 언어 습득에 별다른 어려움을 겪지 않는다. 이 고통은 오로지 이민 1세대의 몫일 것이다.

베란다까지 올라온 등나무가
몸을 뒤틀어 등을 매달고 있다

서울이나 시드니나 거친살이는 매한가지라며
스무 해를 새벽일 나가던 언니
세 끼 밥도 이제는 쉬어 가야겠다더니
신장 하나 떼어놓고 입원을 했다

보랏빛 등꽃이 기웃거리는 병실
돌아눕지 못하는 몸으로 누워서야
숨이 차 뱉어내는 모국어 잠꼬대
꿈길인 듯 꽃길인 듯
지난 스무 해 금희 언니의 생이
하얀 병실 유리창에 나타났다 사라진다
틀어 올리며 힘이 되었던 어린 꽃망울
해마다 겨울 밀어내며 흙 속을 걷던 맨발
안으로 부는 바람 흔들릴 때도 있었지만

—「금희 언니」 앞 2연

호주 시드니로 이민을 온 금희 언니는 스무 해 동안 새벽일을 나간 억척꾸러기였다. 그런데 병마가 찾아왔는지 신장 하나를 떼어놓고 입원을 했다. 그간 고생을 엄청나게 했는데 "등 구부린 언니의 숨소리/ 어린 가지의 물관을 따라/ 봄이 가기 전 수직으로 올라 꽃이 피고 있다". 위태로웠던 목숨이 이제 다시 솟아나고 있는 것 같다. 이런 경우가 어찌 금희 언니 한 사람뿐이랴. 아래 시의 경우, 화자는 호주의 탄광 구경을 하면서 강원도 사북 탄광의 광부였던 아버지들을 떠올리기도 한다.

그라피티가 희미한 석탄공장 벽
폐광의 흔적은 없고
바다 한가운데 낡은 철교
생을 나르던 밀차는 어디에

(……)

힘주고 일어설 긴긴 햇살
남십자성 아래면 어때 이 언덕 오를 때마다
온 생을 잡고 버티는 다리
아버지의 얼굴

—「언덕에서 만나다」 부분

이 시의 화자는 호주의 그라피티가 희미한 옛 석탄공장을 방문했는데 폐광의 흔적조차 남아 있지 않다. 하지만 낡은 철교를 보고 강원도 사북에 있는 탄광에서 일한 아버지의 삶을 떠올린다. 속초가 고향인 김인옥 시인이므로 친아버지가 광부 출신인지는 모르겠지만 그것의 여부는 중요하지 않다. 대한민국 탄광의 수많은 아버지가, 이 호주의 수많은 이민자가 아래 시에 묘사된 노동을 하며 먹고살았고

식구들을 살렸으리라.

새벽 안전화 깊숙한 곳
탄광 속 발가락처럼 어둠은 정확하고
짐 부릴 곳 없는 집을 만드느라
얕은 기침에 기우뚱거리는 밀차
얼마나 더 뒤엎어져야 하나
죽어서도 반복되는 살과 피

—「언덕에서 만나다」 제3연

몸은 호주에 있지만 의식의 공간은 떠나온 고국에 가 있는 경우가 많다. 토스트에 버터를 발라 먹을지라도 입맛이 어디로 갈까. 제대로 끓인 된장찌개를 보면 군침이 돈지 않을 리 없다. 그 맛을 보려고 이스트우드 식품점에 가서 햇간장을 찾지만 진간장 · 양조간장 · 조선간장은 있는데 '핵칸장'은 없다. 어머니가 꼬부라지는 허리로 일군 콩밭, 거기서 수확한 콩을 땀으로 부풀린 콩의 비린내, 바로 그 콩으로 만든 햇간장이 먹고 싶어 미치는 것이다.

손바닥에서
꼬부라지는 허리에서
땀으로 부풀린 콩 비린내
못물처럼 햇빛 들어가는 밭고랑이었지

어머니 등줄기를 타고 빠져나간 여러 해
까맣게 익어 터져버리는 멍울
맑게 배어 나오는 햇간장
검버섯 찍어 혀 밑에 머금으며
진열대에 나란히 앉아 있는 먼지

돌아 나오는 긴 시간
저 백인 남자
꼿꼿하게 기다리고 있는 여자의 입 끝을 따라
사투리로 어르는 솜씨
햇칸장만 없다카네
짙고 자잘한 내력 맛보기나 했는지

—「햇간장 달이는 시간」 부분

그렇다. 이민 문학은 '거리'의 문학이고 '격차'의 문학이다. 한국과 호주라는 수만 리 되는 거리를 어쩔 수 없이 인정하는 문학이다. 한국의 문화와 호주 문화의 격차를 인정하는 문학이다. 이민자는 두 나라 사이의 경계에 서 있으며, 그 아슬아슬한 공간에서 모국어로 시를 쓰고 있기에 그 시가 값어치 있는 것이다. 호주 영주권을 갖고 있건 시민권을 갖고 있건 한국을 떠나서 살고 있기에 한국인이라고 보기는 어렵다. 하지만 햇간장을 그리워하고 모국어로 생각하고 시를 쓰고 있기에 완전한 호주인도 아니다. 경계에 서 있는

자의 불안감, 온갖 갈등, 엄청난 그리움 같은 것들이 시를 쓰는 원천이 되는 것이다. '고향'은 내게 뭐 하나 해준 것이 없는데도 왜 자꾸만 생각나는 것일까. 앞서도 얘기했지만 김인옥 시인은 강원도 속초 사람이다. 언젠가 귀국했을 때 동창회에 가서 겪었던 일이 시가 되었다.

> 니 우리 핵교 초매 왔을 때 있잖아요
> 순뎅이 사나 새끼들 가찹게 앉고 싶어서
> 을매나 심 자랑 해댔는지
>
> 이모 집에서 두 해 다니다 졸업한 나에게
> 같은 반이었던 이장은 말을 놓지 못한다
>
> 니 아직도 혼자잖아 기래 가지고 뭔 장가를 가나
> 경애야 자가 메루치 만치로 맥새가리 없이 보여도
> 이 근방 옥시기 밭 몽지리 자 꺼고 얼매 있으면 막국시 집도 차릴 기야
>
> 마흔 중반에 혼자 된 이모 딸 경애와 대머리를 두고
> 이장이 입방정을 떨자
> 막국수 집 사장이 될 거라는 노총각
> 막걸리 사발 단숨에 비우고는
> 머쓱하게 툭

자가 무슨 말을 하나
니 이장이면 다나
술이나 마세
딸꾹

불편한 눈빛 스치는 산골 마을회관 열 오른 시골뜨기들
술잔만 만지작거리는 국민학교 동창회

—「동창회」 전문

속초만 해도 도시이고 두 해 동안 전학을 가 있게 된 곳은 산골이었던 모양이다. 동창인 이장과 노총각의 대거리가 재미있다. 그 산골 아이들이 얼마나 어린 인옥이 예뻤으면 가까이 앉고 싶어서 안달을 했을까. 강원도 사투리의 재미가 이 시를 살리고 있다. 우리 문학에서 강원도 사투리 하면 김유정과 이순원을 떠올리게 되지만 시에서는 만난 적이 없었는데 이 시를 읽으니 아주 신기하고 신선하다. 이제 호주로 이민을 간 한 경상도 출신 여성의 사연을 들어보자.

지요?
오토바이 타고 찾아다녔지요
지가
알랑방귀 뀐 그 가시나와
대구로 포항으로 트럭 몰고 다니는 동안

지는요
고삐 잡고 꼴 베고 오토바이로 비료 나르고
만다꼬 빙시같이 땡볕에

지 나이 스물셋
알라 젖먹이다 말고 그 바람 속을
하도 쌩쌩 달려 고마 논바닥에 나뒹그라졌어요
빈들에 어퍼져 가보니 별빛 덮고
내 니 좋다
발모가지 잡히던 날 생각나 목맸지요

지 아는 벌써 시집갔고
사춘기 글마 버르재이 없을까봐
글마 아빠요?
만삭일 때 하늘이 데려갔어요
마디 굵은 거야 윈저로 갤스톤으로 농장 다니가 그렇고
말했잖아요
우야던지 살아보겠다고

—「바람 속으로 이제 막」 전반부

이 시는 스토리텔링이 확실하다. 지금 쉰다섯이 된 화자의 몸에 씨를 심어준 사내는 일찍이 하늘이 벌을 내려 데려갔다. "알랑방귀 뀐 그 가시나와/ 대구로 포항으로 트럭 몰고 다니는 동안" 화자는 "고삐 잡고 꼴 베고 오토바이로 비료 나르고" 억척같이 일만 하고 살았다. 남매를 낳고서도 "우야던지 살아보겠다고" 일을 했다. 삶의 터전을 호주로 옮긴 것도 더 나은 삶을 향한 몸부림 같은 것이었다.

지 나이 쉰다섯
단디 맴 잡은 줄 알았는데
우야꼬
고향 언니들 만나니 흉터 모잘스럽게 나오네
보양탕 먹으러 가는 날은 더해
보통일 아니잖아요 스물이었는데
이잣뿟지 못해요

그케도 시드니꺼정 왔으니 용 됐지 머
지는요
여가 좋아요
글쎄 안 가요
고향 가믄 다방으로 여관방으로 찾아다닐 거 같아요
누가 있다고
나살 먹어 주름살 천지고
몽창시럽기도 하고
이대로는 몬 가

언니들 숭보면 안 돼요
근데 고마우서라
쫌!

욕봤다
숭도 못 본다
그케도 고향말로 들으니 속이 선하다

—「바람 속으로 이제 막」 후반부

호주에 와서도 산전수전 다 겪은 여인은 대한민국으로 갈 생각이 없다. 고향은, 고향의 그 사내는 내게 너무나 큰 상처를 주었다. 오토바이를 타고 가다가 논바닥에 나뒹굴어 발목이 나간 일은 그녀 영혼에 큰 흉터를 남겼음에 틀림없다. 어찌 보면 그 상처와 흉터가 이 여성을 일으켜 세운 원동력이 되었으리라. 호주로 이민을 간 사람 전부가 그 무슨 사연 보따리를 짊어지고 비행기를 탔을 것이고 그곳에 가서는 더 큰 보따리를 짊어지고 살아가게 되었을 것이다. 이 시집에도 호주의 지명이 많이 나온다. 모두 시인이 직접 가보고 느낀 바를 쓴 것이라고 여겨진다. 호주 교민들은 이런 시편에 대한 인상이 아주 짙게 뇌리에 새겨지겠지만 그곳에 가본 적이 없는 해설자는 특별한 인상을 못 받는 것이 아쉽다.

시인에게 두 가지 한국에서의 추억은 잊히지 않는다. 어렸을 때 쥐를 구워 먹던 일, 가족들이 모여 고스톱을 치던 광경.

> 쥐들이 가을 햇살을 물어 나른다
> 아버지가 큰언니 토끼장 앞에 쥐덫 두 개를 친다
> 날은 소슬해지고 마침내 토끼장 옆
> 엄마가 내 새끼손가락보다 가느다란 살코기를 연탄 화로에 굽는다
> 언니들 오기 전에 얼른 먹어
> (……)
> 환갑을 바라보는 이 나이에 허리가 날씬한 것은
> 쥐 보은 그 때문일 것이다 단
> 그 시절 대한뉴스 제1080호
> 쥐를 잡자
>
> —「올챙이」 부분

어머니가 쇠고기라고 하면서 구워 먹인 고기가 아무래도 쥐고기 같다. 토끼도 쥐덫에 걸려 죽은 적이 있는 모양인데, 토끼 고기인가? "쥐 보은"이라는 시어로 보건대 그때 쥐고기를 먹은 덕분에 날씬한 허리를 유지하고 있다는 이야기가 엉뚱하면서도 재미있다. 60년대에는 쥐가 정말 문제였다. 쥐가 먹는 곡식의 양이 엄청나 쥐 잡기 운동이 전국적으로 전개되었다. 동사무소에서 집집이 쥐약을 주어 쥐

잡는 날에 밥에 비벼 쥐가 다니는 길에 놓도록 했다. 쥐꼬리를 갖고 동사무소에 가면 하나에 얼마씩 돈으로 쳐 주었으니 온 나라가 쥐와의 전쟁을 했던 것인데, 인옥의 어머니는 몸 약한 막내딸에게 쥐고기 보신을 시켰던 것이리라.

다 저녁때, 구들장에 깔린 군용 담요

말이 나왔으니 말인데요
꽉 쥐고 계시면 안 되잖아요
뭐가 그리 억울한지
납작 엎어진 표정들 붉으락푸르락
지상에서 사라진 나의 온 생애로 파고듭니다

그래요
나는 유언 없이 죽었습니다
선산 팔아야 하는 건 이를테면
요양 병원의 아내를 둘러싼 간병이라든지
화투장에 충혈된 제사 전야

개평 뜯는 셋째
시골집 빼돌린 둘째
송두리째 흔들고 싹 쓸고
수그린 채 뒷장만 문지르는 첫째는

독박에 피박 광박
지금은 설사 중

—「마지막 패」 부분

이 시도 참 재미있다. 온 가족이 명절에 모여 군용 담요를 펼쳐놓고 화투를 치는데(집집마다 군용 담요가 꼭 하나씩 있었다), 3형제의 꿍꿍이속이 다 다르다. 생활 형편도 다 다르고 성격도 판이하게 다르다. 욕심을 지나치게 부리다가는 큰코다친다는 교훈이 담겨 있는 이 시의 풍경은 이제는 한국에서도 보기 어려워졌다. "군용 담요에 쫙 달라붙는 마지막 패/ 나 가리"라는 끝 연 처리도 입가에 미소를 머금게 한다. 욕심꾸러기일지라도 또 형제간이라는 끈끈한 정이 있다. 어려울 때는 도울 줄도 안다. 하지만 호주에서의 나날은 미소를 거두어가곤 한다. 2019년 9월부터 호주에서 큰 산불이 나 거의 1년이나 계속되었다.

코알라 캥거루 떼죽음
흔적 떠밀 듯 바람 짙은 숲 저절로 탔는지
까마귀 얼씬 않는

화단에 물주면 벌금 250불
기운 어깨 반쯤 젖으면
푸른 노여움의 싹으로 살아가야 하나

기관지 검사를 기다리는 동안
병원 벽에 매달린 TV를 쳐다보는 동안
크리켓으로 근심 걱정 날리라는 호주 총리가
프라이팬 같다는 생각이 드는 동안
스콧 모리슨은 휴가 중이다

—「아직 끝나지 않은」 전반부

호주 총리 스콧 모리슨이 산불이 한창일 때도 휴가를 간 모양이다. 참 한심하다. 호주에서는 이때만 산불이 난 것이 아니라 수시로 산불이 난다고 한다. 건조 지역이 많고 건기가 길고 또 숲 자체가 워낙 넓기 때문에 소방 인력이 다 커버할 수 없기 때문일 것이다. 호주의 산불을 다룬 또 다른 시를 보면 유칼립투스 나무의 놀라운 생명력을 다루고 있다. "살아 돌아온 전사처럼/ 숯덩이 자신들만의 비법으로/ 불면을 태우고/ 심장을 열어젖히고/ 겹겹의 옷자락에 얹혀진 혈관/ 터진 사이사이로 호흡이 낭자하다"(「잎 관」)고 하면서. 동물들은 불에 타 죽고 말지만 식물들은 또다시 살아나 결국은 숲을 이룬다. 우리도 저 유칼립투스 나무를 본받아야 할 것이다. 하지만 코로나19 바이러스와의 싸움은 호주에서도 그렇게 녹록치 않다.

또 한 명 사망자가 늘었다

시드니 날씨는 비가 오고 방금 어깨를 적신 뉴스
죽음이 따라붙을까 실업이 옮겨 붙을까
뒷걸음치는 이역만리

하릴없이 묶여 있는 식당 문
초만원 한글 메뉴에 얹힌 영어 발음과 살아온 땀
세어보는 밥알 수가 그토록 일품이었다니
시드니 날씨는 어제도 비 이럴 때 이 많은 하강이라니

—「오늘」 앞부분

호주에서의 삶은 'job'이 없으면 영위하기가 어려울 터인데 바이러스 때문에 죽음이 따라붙을까도 걱정되지만 '실업이 옮겨 붙을까' 고민이 많이 된다. 이 시는 그러니까 10여만 호주 교민들의 지금의 고민을 대변한 시로 볼 수 있다. 삶은 영어를 해야지만 영위할 수 있는데 꿈은 한글로 꾸고, 그 꿈을 한글로 옮겨 쓰고 있으니 이런 모순이 어디 있는가. 하지만 바로 이 모순이 이민자의 문학을 살찌우고 있다. 김인옥 시인의 시는 이렇게 해서 태어났다. 경계에 서 있는 자의 고민과 불안이, 갈등과 혼란이 잉태한 것이다. 코로나 사태에 대한 시는 여러 편 더 있는데 실감 나는 내용이니 따로 설명을 덧붙이지 않아도 될 듯하다. 어부 출신, 불쌍한 황 씨의 경우를 보자.

맹그로브가 되기 위해
터지고 부른 발
강 목수의 만류에도
광산 많은 서부로 철 일하러 가게 됐다며
누런 이로 웃던 쇳물 같던 황 씨
서부 끝자락 퍼스의 파도
주급 센 물결 사이로 뿌리를 넣다가
뽑혀나간 황 씨

퍼스 지나
동해의 어디쯤에서
오징어잡이 배 그물을 감고 있는지
대포항 폐선에 엎드린 얼굴
파도 소리 끌어다
길을 내어 만나고 있는지
빌라우드에 꼬부리고 앉아 든 잠
어깨로 내려오는 미소
깨지 말기를

—「뿌리」 부분

황 씨는 전에 동해 어디에서 오징어잡이 배 그물을 감고 있었나 보다. 호주에 와서는 서부의 광산에서 일하다 "주급 센 물결 사이로 뿌리를 넣다가/ 뽑혀나가" 버렸다. 실업자가 되었다는 뜻인데 무슨 이유로 광산 일을 그만두게 되었는지는 시인에게 물어보아야겠다. 아무튼 불법체류자 수용소인 빌라우드에 꼬부리고 앉아 잠들어 있다. "대포항 폐선에 엎드린 얼굴/ 파도 소리 끌어다/ 길을 내어 만나고 있는지"란 시구가 인상적이다. 동해에서 호주의 광산으로, 다시 호주의 불법 체류자 수용소로 간 인생 유전이 안타깝다. 이와 비슷한 인생담이 널려 있는 것이 호주 교민 사회가 아닐까.

서두에서 말했지만 김인옥 시인이 이민을 가서 산 지 어언 25년이 되었다. 아직 풀어놓지 못한 이야기보따리의 무게를 한국에서 지금까지 살아온 해설자는 알 수가 없다. 2017년에 등단해 4년 만에 첫 시집을 내게 되었으니 이제 걸음마를 떼고 걸을 수 있게 된 셈이다. 앞으로 갈 길은 훨씬 멀고, 그 길은 험난할 것이다. 시인의 행보를 유심히 지켜보도록 하겠다.

시인의 말

불행이 거침없이 밀려들었을 때
뜬금없이 이제 모든 것이 잘 되겠다는 생각이 들었다.
화물 열차의 짐이
그것을 기다리는 사람에겐 얼마나 소중한지
동이 트는 사이로 기적소리가 보였다.

2021년 8월
시드니에서 김인옥